Le Anguille Comandano

鰻魚爲王

作者—劉　鋆
插畫—陳沛珛

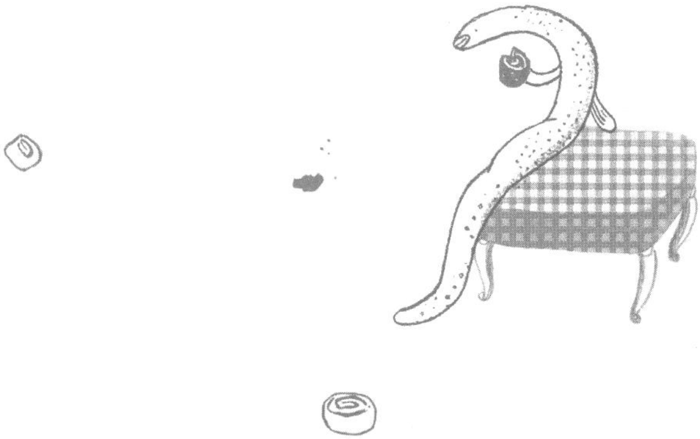

布拉恰諾湖是義大利中部的第三大湖，

從羅馬來這裡只要 40 分鐘的火車。

一到夏天這裡就擠滿了遊客，
大家都把湖邊當海邊地曬太陽、游泳、開 party。
這個湖到底有多大呢？

當地居民的說法是，
不管你的眼睛有多大，你都看不到她的邊際。
不過，布拉恰諾湖並不是以度假勝地聞名義大利的，
而是湖裡的鰻魚。

每一天，當太陽落下，天空開始由橘轉藍時，
湖面就會慢慢升起，淹過一切，
只露出那位於「海角最高處」的學院教堂。

據說這教堂建於 16 世紀，
它尖頂所放射出的微弱光線，
剛好可以做為燈塔般的指引方向，
湖水才會讓它露出，
而這一切都是鰻魚安排好的。

每當湖面升起之後，
湖中鰻魚就會慢慢游到原本的陸地，
夜裡的村子，村長無權，
鰻魚恣意所為，統治村民的一切。

細長無骨的鰻魚會從每一戶人家的煙囪溜進，
鑰匙孔滑出，只為了在客廳看個節目，
吃個點心，享受黑夜來臨的時光。

只要村民將鰻魚指定的那個電視台打開，
並且在桌上擺好有著肉桂味的點心，
鰻魚們就會安靜地看著電視，吃著點心，
絕不打擾村民的家居生活。

一個小時後，當鰻魚們看完這齣喜劇，
並且把點心吃乾淨，他們就會輕聲離開。

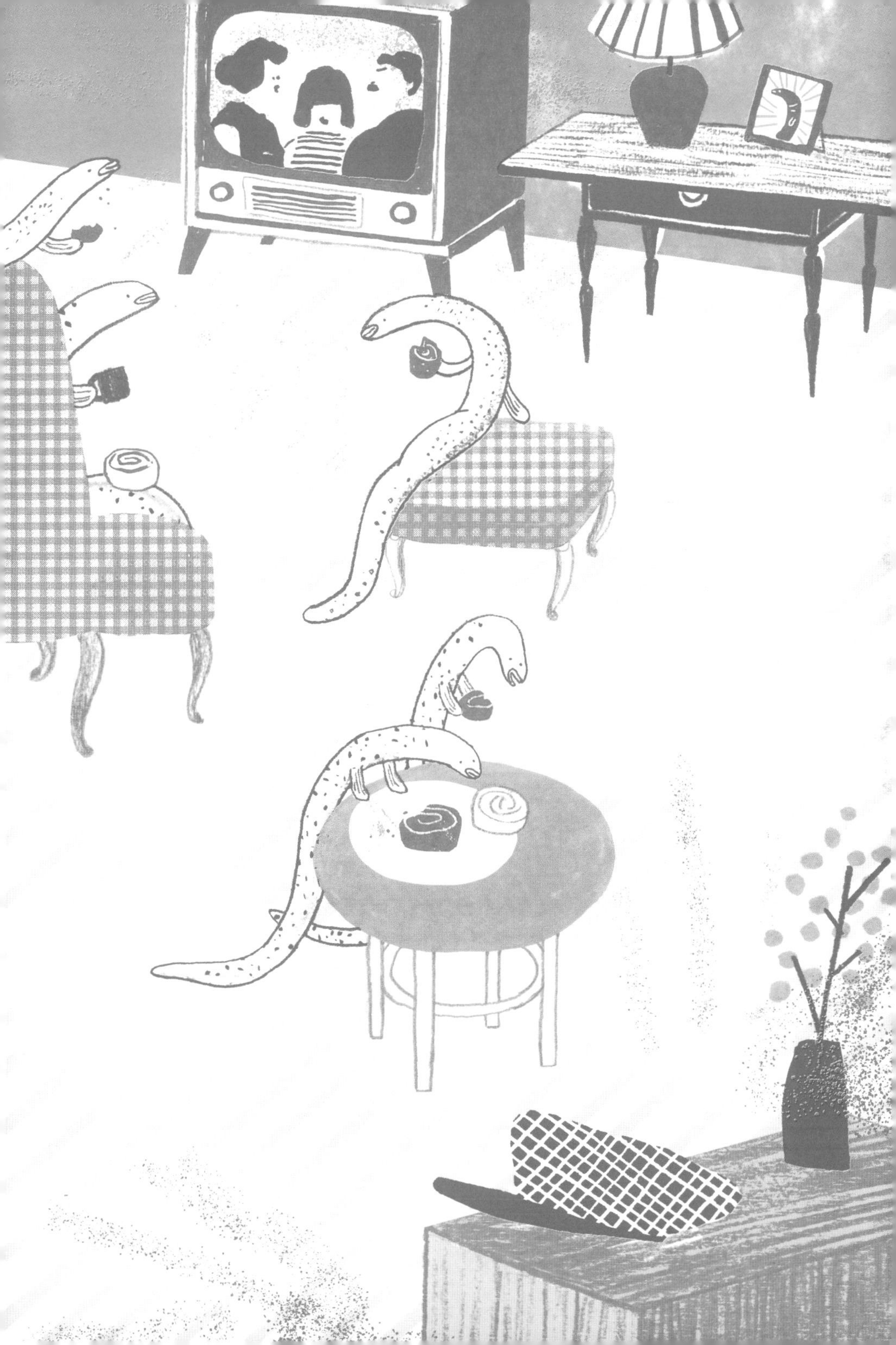

所以，不管是正在念書的小孩，
或者廚房裡洗碗的太太，
跑步機上的先生，
都不會感到他們的存在。

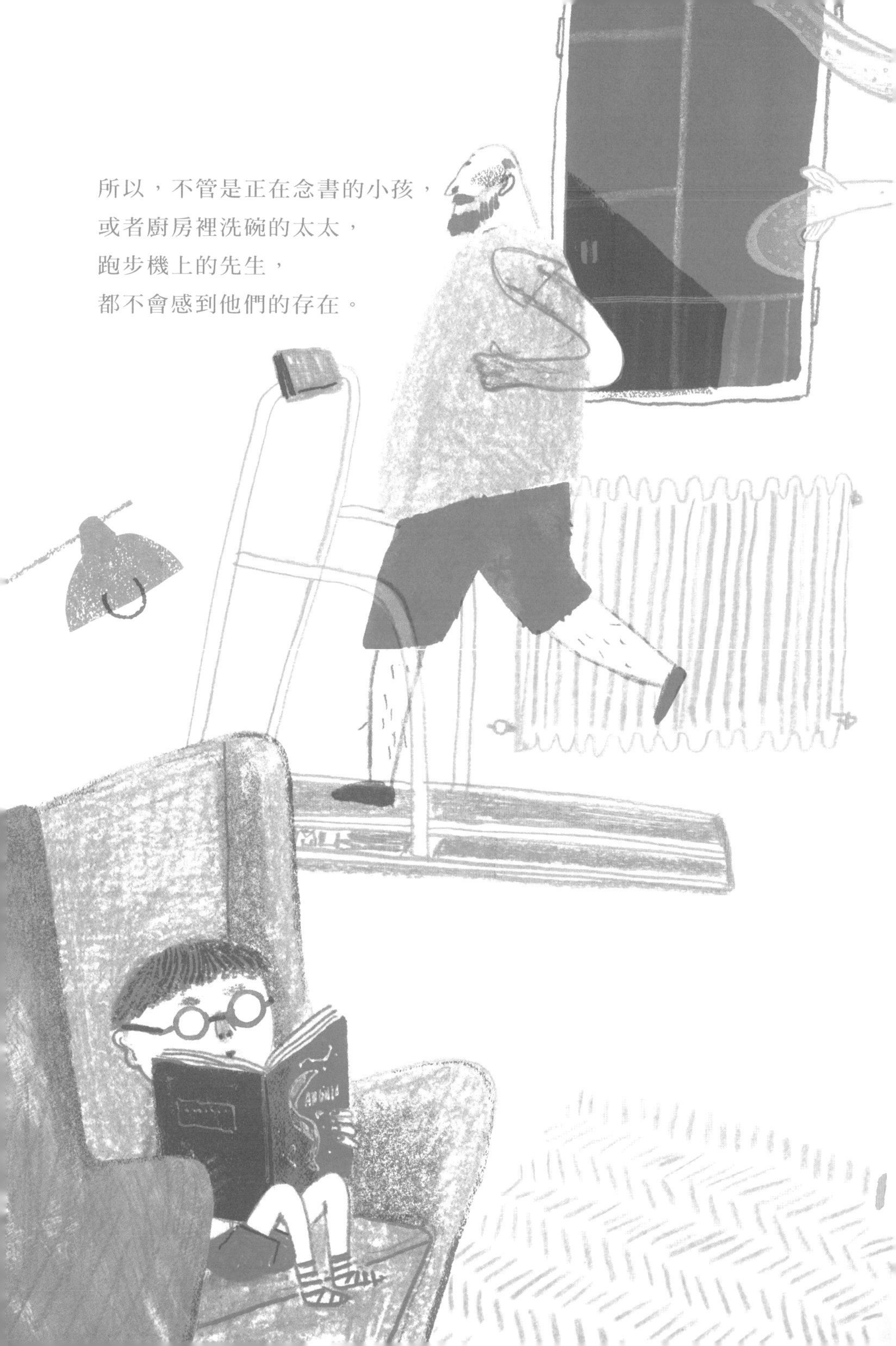

這一切就像甚麼都沒有發生過一樣，好像只是夏天傍晚的一道微風，

輕輕地從窗戶吹了進來，然後又從沒關好的大門飄送出去。

有記載以來，村民與鰻魚相安無事，
因為沒有人知道，如果不幫他們開好電視準備點心，
鰻魚會對大家做出甚麼不好的事來。

當然，也說不定是好事，
總之，從來沒有人膽敢去試，
所以這便傳了好幾代，變成了村裡的傳統，
也是每天晚上的儀式，
這個儀式就像星期天上教堂一樣的自然，
小孩也從不質疑。

村民阿倍多曾經表示：
「本著共存共榮的精神，我們應該在每年月光最美的那天，
不過得要是白天，來為鰻魚們慶生或者祈福，好增進大家的感情。
或者，為他們訂製一個節日吧，就叫做『神秘鰻魚節』如何？」

阿倍多熱情地連節日的名字都取好了。

另一個老先生狄尼諾說：
「現在的電視已經有 80 吋的了，
不如我們添購一台放在村民活動中心，
然後讓他們晚上都到活動中心去看並且吃點心吧，
電視大一點應該鰻魚們可以看得更開心，笑得更大聲。
甚至，我們可以 24 小時都開著……」

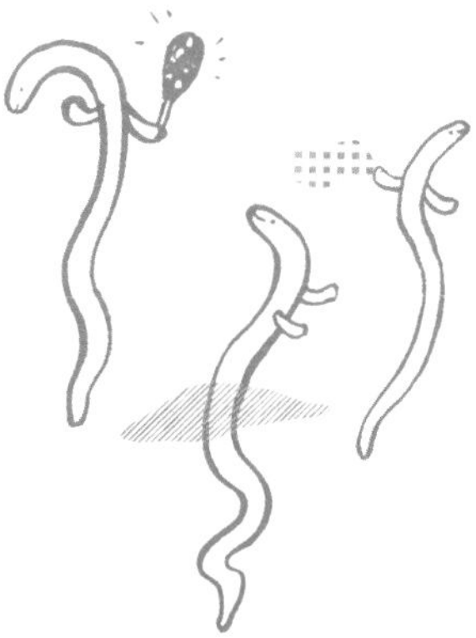

狄尼諾家裡的電視非常老舊，去年曾經壞掉過，
那天狄尼洛非常擔心，倒不是怕自己看不到足球賽，
而是擔心鰻魚進來沒電視不知道會不會生氣，
還好村子裡修電視的師傅很有經驗，
發現只是天線有問題，橋了幾下就好了。
狄尼諾深怕這樣的事情再度發生，
所以才建議乾脆集中鰻魚買大電視給他們看。

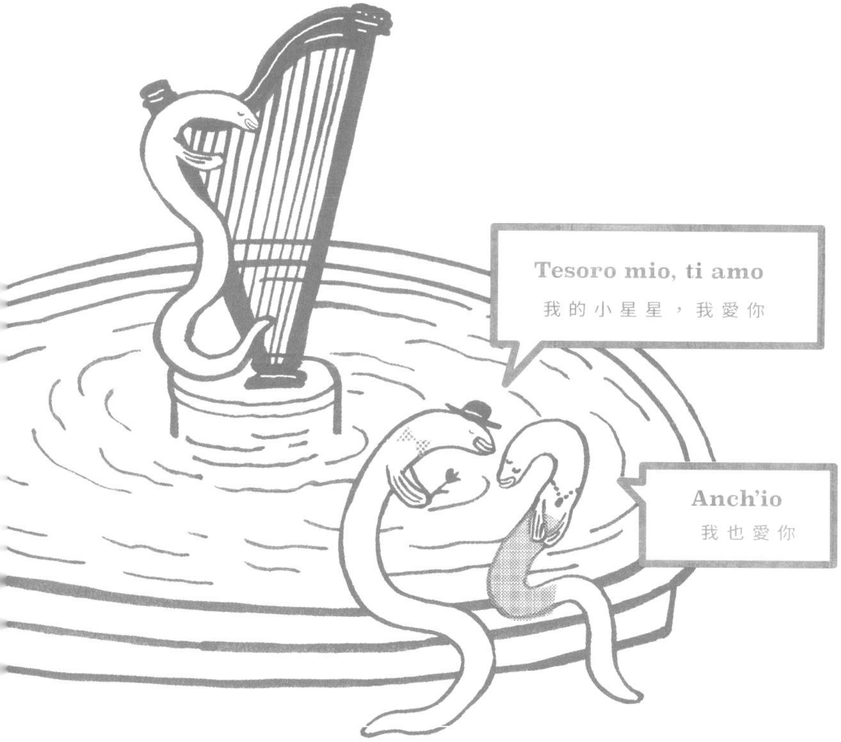

不過這類型的提案一直沒有通過，
因為誰也沒有見過白天出現的鰻魚，
也無法詢問他們本尊的意見，
不知道他們喜不喜歡慶生或集體祈福這樣的活動。

還有，80 吋的大電視就是更嚴重的事情了，
因為這個村子裡一部這樣的電視都沒有，
或許鰻魚們會不習慣也說不定。

畢竟這種事得雙方同意才做得成，
若只是村民的一廂情願，
說不定會讓彼此之間的關係變得尷尬的。

倒是在布拉恰諾湖畔有一個餐廳，也只有一個餐廳，
膽敢直接用『好吃鰻魚』做為招牌，對外來的遊客招攬生意。
當地村民沒人敢走進這家餐廳，因為村民心中都有一個相同的疑問。

ANGUILLE
BUONISSIME

「這樣不會太殘忍了嗎？」

「這家『好吃鰻魚』的鰻魚
真的是來自那夜晚升起的湖泊嗎？」

餐廳老闆安東尼歐是個六十出頭的健壯男子，
十年前從羅馬移居到這個村子來，
他們一家人剛到的時候就有人說，
這個村子要遭殃了，但是也沒人拿得出證據，
所以村長只能讓安東尼歐掛上大大的招牌，
寫著『好吃鰻魚』。

餐廳老闆安東尼歐也是個怪人，
從來不直接回答村民的問題，只會故作神秘地說：

「只要你試過就會知道這些鰻魚來自哪裡了！」

A/P

事實上，這個村子的人不僅不吃布拉恰諾湖裡的鰻魚，
任何一條鰻魚他們都沒吃過，也沒有興趣吃。
村民說，雖然不見面不聊天，
但已經跟鰻魚們有感情了，就好像家人一樣，
就算鰻魚再好吃也不忍心吃啊。

有一個從西方來的客人說，
他在剔牙的時候不小心聞到了肉桂的香味，
所以這家『好吃鰻魚』的鰻魚一定是從布拉恰諾湖來的。

另一個從東方來的客人說，
『好吃鰻魚』的鰻魚眼珠奇大無比，
他吃遍全世界的鰻魚，
沒有一個地方的鰻魚眼珠比這家更大的了，
這些鰻魚肯定是每晚看了電視的，
由此可以斷定這餐廳的鰻魚確實是這湖泊裡的。

餐廳的老闆安東尼歐不願點頭證實這些客人的說法，
只是繼續故作神秘地對前來採訪的媒體重複地說著：
「例外自有迷人之處，像閏年、像月蝕」，這樣的話。

ANGUILLE
BUONISSIME

當然，那些腦容量比鰻魚還小的媒體
始終也弄不清老闆安東尼歐說這話的意思究竟為何，
每個人都只會低頭吃、認真說：
BUONISSIME! BUONISSIME!
(真的好吃！真的好吃！)

沒人真的想去弄懂閏年和月蝕
跟鰻魚到底有甚麼關係。

ONE-

十年了，
這餐廳料理的秘密也就自然升格為
這村子所擁有的秘密之一。

奇妙的是，
鰻魚就像十年前一樣
每天晚上繼續到村民家裡
看電視、吃有肉桂味的點心，
並沒有一個家庭傳出被鰻魚破壞
或發生爭執事件，
鰻魚和村民在這湖畔
相處得其樂融融。

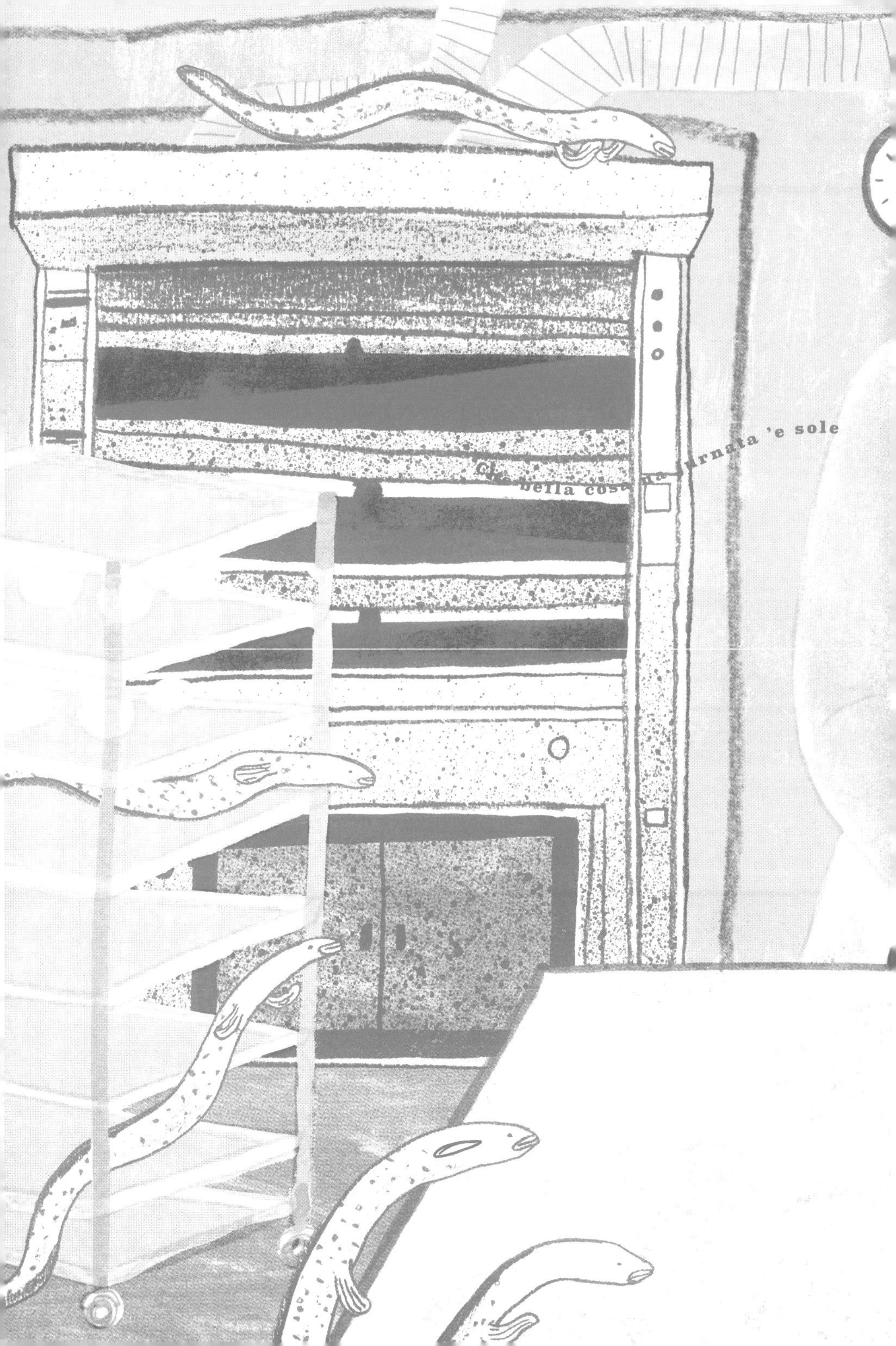
bella cosa
urnata 'e sole

Che bella cosa na jurnata 'e sole

其中，最開心的當然莫過於『好吃鰻魚』餐廳的老闆安東尼歐了，
只有他心知肚明這到底是怎麼回事。

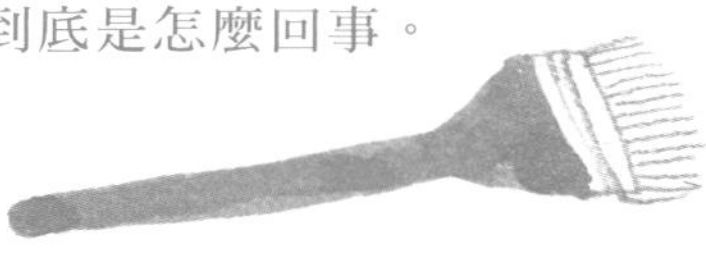

多年之後，當安東尼歐錢賺夠了，
他把『好吃鰻魚』餐廳關了，
開始賣起了『好吃肉桂卷』。
由於村民吃肉桂卷免費，還招待熱咖啡，
因此安東尼歐的肉桂卷大受村民喜愛，
不僅不再有人質疑之前的他，
還紛紛用安東尼歐的肉桂卷招待每天晚上來作客的鰻魚。

BUONE~
BUONISSIME~

BUONISSIME
GIRELLE ALLA CANNELLA

於是又有媒體來訪問『好吃肉桂卷』的老闆安東尼歐，
為什麼由鰻魚變成了肉桂卷但都還是這麼好吃，
安東尼歐當然還是故作神秘地回答：
「例外自有迷人之處，像閏年、像月蝕」！

當然，那些媒體還是無法理解其中奧妙，
所以就只能寫下像廣告一樣的標題：
捲成鰻魚形狀的肉桂卷今夏席捲布拉恰諾湖。

關於作者

從小就熱衷於探索說故事的方式，熱愛文學與電
曾於北京創立「初木想想藝術空間」與多位當代藝術家合作
二零一一年回台成立依揚想亮人文事業，鼓勵各種形式的創作
著作《87 個尼姑與一個男人》、《人間灰塵》、《忘記書》、《行書》、《山海經》

關於繪者

創作題材多來自日常生活小事
偏愛樸拙手感、線條強烈的風格
期待一日能勤奮到左手書寫搭配右手繪圖

關於津津有味

吃一口，「這是什麼？」，
一時口腔的味蕾還沒有連到大腦，
不確定自己是不是喜歡這個味道。
好奇地再嚐了一口，「哎呀，這組合挺有趣的！」。
就像香菜花生糖，羅勒與草莓；
意想不到的組合，卻令人喜愛地一再回味。

跟依揚想亮一起把框架放掉，讓想像力接手。
閱讀時覺得津津有味。